I0686035

LE PATRONAGE

DE

NAZARETH

FAISANT A ROME

LE JUBILÉ DE LÉON XIII

1879

PARIS

IMPRIMERIE SAINT-GENEROSUS

J. MERSCH ET Cie

8, RUE CAMPAGNE-PREMIÈRE, 8

1880

LE

PATRONAGE DE NAZARETH

FAISANT A ROME LE JUBILÉ DE LÉON XIII

1879

8°K
496

LE PATRONAGE

DE

NAZARETH

FAISANT A ROME

LE JUBILÉ DE LÉON XIII

1879

3126

PARIS

IMPRIMERIE SAINT-GÉNÉROSUS

J. MERSCH ET Cie

8, RUE CAMPAGNE-PREMIÈRE, 8

—

1880

LE

PATRONAGE DE NAZARETH

FAISANT À ROME LE JUBILÉ DE LÉON XIII

1879

PRÉAMBULE

PREMIÈRE IDÉE D'UN PÈLERINAGE A ROME

SA PRÉPARATION PENDANT TROIS ANS

Les Dignitaires du Patronage de Nazareth avaient déjà fait trois pèlerinages lointains. En 1873 et en 1875, ils étaient allés à Lourdes. Au mois d'août 1876, ils revenaient de Sainte-Anne d'Auray, en Bretagne. Un dimanche soir, vers la fin de la journée de patronage, s'entretenant sous les arbres de la cour des joies qu'ils venaient de ressentir et des grâces qu'ils avaient reçues dans le dernier pèlerinage, ils formèrent le projet de renoncer à tout autre voyage et de faire des écono-

mies, autant d'années qu'il serait nécessaire, pour aller à
Rome. Aussitôt le projet fut adopté par tout le monde
et acclamé avec une sorte d'inspiration. On calcula sur
le champ qu'il fallait environ 6000 francs pour conduire
20 pèlerins à Rome. L'autorisation de faire ce pèlerinage
fut demandée et aussitôt accordée par nos Supérieurs, à
condition que l'Œuvre n'aurait pas de dettes au moment
du départ.

Le trésorier de ce pèlerinage était naturellement celui
de nos bienfaiteurs à la générosité de qui nous devions
déjà les précédents ; il reçut les versements ; des
apprentis mirent de côté des sommes assez fortes.
Notre trésorier les fit fructifier. Les placements furent
heureux; en trois ans nos finances étaient prêtes.

Il était nécessaire de préparer cette grande affaire par
des pratiques religieuses.

Environ six mois avant le départ, il y eut une première
réunion, à laquelle furent invités ceux qui avaient le
désir et l'espérance de faire le pèlerinage. Il fut décidé
1° que tous les jours on recommanderait aux prières du
Patronage le pèlerinage à Rome; 2° que tous les mois on
irait soit au Sacré-Cœur de Montmartre, soit à Notre-
Dame des Victoires dans la même intention; 3° enfin que
l'on ferait une neuvaine à saint Pierre, pendant laquelle
on irait une fois dire la Messe et faire la Sainte Communion à la Paroisse Saint-Pierre de Montrouge. Ces
résolutions furent exactement accomplies, et il est remarquable que tous les jeunes gens fidèles à se rendre chaque
mois à Notre-Dame des Victoires purent être du nombre
des pèlerins.

Le sous-directeur du Cercle catholique du boulevard
Montparnasse, ancien zouave pontifical, nous composa un
itinéraire pour voir Rome en huit jours; il est fait avec

tant d'intelligence et de connaissance de la ville sainte que nous le reproduisons à la fin de cette brochure.

Il était aussi très utile de commencer des conférences historiques pour préparer les jeunes gens à faire ce voyage avec fruit. Une soirée fut donnée, dans laquelle on montra des vues de Rome à la lumière oxihydrique. Plusieurs Conférences furent faites sur Saint-Pierre, Saint-Jean de Latran, Sainte-Cécile, les Catacombes, etc.

Le jour du départ, attendu avec tant d'impatience et depuis si longtemps préparé, fut fixé au lundi 28 avril 1879. M. l'abbé Thibaut, professeur de sciences à Châlons, qui avait rendu de très grands services au Patronage et est compté parmi nos meilleurs amis, fut invité à nous accompagner; un autre de nos amis, prêtre à Boulogne-sur-Mer, se joignit aussi à nous. Enfin l'itinéraire, le plus direct et le moins coûteux possible, fut préparé avec un soin remarquable par l'économe de Nazareth.

Mgr le Coadjuteur de Paris bénit notre projet et nous donna très gracieusement une lettre de recommandation pour Mgr Macchi, maître de chambre de Sa Sainteté le pape Léon XIII, pour nous faciliter une audience particulière, audience que nous désirions par-dessus tout.

La veille du départ, la bénédiction solennelle des pèlerins partant pour les saints lieux fut donnée après le salut, au milieu d'une vive émotion partagée par tous les membres du Patronage, et par un grand nombre de parents chrétiens venus, eux aussi, recommander à Dieu et à Notre-Dame de Nazareth les heureux voyageurs ou se recommander eux-mêmes à leurs prières pendant le pèlerinage.

Voici les noms des pèlerins:

M. Vasseur, directeur du Patronage qui était parti, pour

tout préparer, huit jours avant les autres, emmenant avec lui Edouard Redon, un peu malade, ayant besoin de plusieurs points d'arrêt, et Charles Desvergnes, élève sculpteur, qui devait visiter Florence ; MM. Hello, supérieur de Nazareth et aumônier du Patronage, Thibault et Delobel, prêtres, Henri Hello, étudiant en droit à l'Université catholique de Paris, et confrère de Nazareth, Martial Boudet, Ernest Daire, Jules Dentu, Constant Dequen, Jules Fleury, Edouard Fleury, Daniel Fontaine, Eugène Garçon, Joseph Gibart, Elie Lambert, Léon Lamoureux, Lucien Lejour, Albert Scheidinger, Gaston Terrier, Charles Tinel, Henri Tourtebatte. Il manque un nom à cette liste déjà longue de 23, c'est celui de notre intelligent et *généreux* trésorier. Tout en respectant les raisons qui ont déterminé son abstention, nous ne pouvons nous défendre de vifs regrets de partir sans lui.

CHAPITRE PREMIER

DE PARIS A ROME

Lundi 28 avril. — A 4 heures 1/2 du matin, les trois prêtres disaient simultanément la messe dans la Chapelle du Patronage, un bon nombre de pèlerins y assistaient et y faisaient la sainte Communion. Ensuite un omnibus de la compagnie des chemins de fer nous emmenait à la gare de Lyon. Un départ pour Rome est toujours solennel. Le bonheur de ceux qui partent est envié par ceux qui restent et qui voudraient partir, et la consolation de ceux qui restent est d'accompagner jusqu'au dernier moment ceux qui partent.

Quand on se rend à Rome, on ne quitte ni sa famille, ni son pays; quand on va voir le Pape, on rend visite à son père, et quand on est à Rome, on est encore chez soi.

Plusieurs amis nous accompagnaient à la gare, et notre joie rejaillissait sur eux.

La première journée n'offrit rien de remarquable que la forêt de Fontainebleau, en partie détruite par les masses de glace dont chaque rameau d'arbre fut chargé l'hiver dernier, et le débordement de plusieurs rivières qui inondaient les campagnes. Vers le soir, à la nuit tombante, nous entrions dans les contreforts des Alpes.

Arrivés à Chambéry à dix heures du soir, nous

trouvâmes tout préparé par la charité de la Conférence de Saint-Vincent de Paul qui, avertie par M. Paul Decaux, président général des Patronages, envoya, malgré l'heure avancée, une députation au devant de nous.

MARDI 29 AVRIL. — Pendant la messe, à la cathédrale de Chambéry, la foi et la ferveur des fidèles, communiant en grand nombre, nous édifia, nous nous sentîmes en pays de foi. Au sortir de l'Église, un magnifique panorama de montagnes excita l'admiration de ceux qui ne les connaissaient pas encore. Mais ce fut bien autre chose quand nous vînmes à passer dans cette magnifique vallée où se trouve la petite ville d'Épierre. Au pied des montagnes une verdure admirable étendait ses tapis émaillés de fleurs ; plus loin, la montagne cachait dans les nuages son sommet mystérieux et inaccessible ; ailleurs, elle élevait fièrement ses glaciers resplendissant au soleil.

Plus loin, c'était des cascades qui formaient des ruisseaux d'argent en se précipitant de la région des neiges. Nos cris de joie éclataient partout. Des aigles ! Voilà des aigles ! et nous les voyions monter dans l'espace, en décrivant des orbes immenses autour des sommets neigeux.

Le train montait rapidement vers les neiges en approchant du tunnel du Mont-Cenis.

Nous voici sous la montagne, nous y restons 24 minutes. Nous sommes dans l'obscurité profonde du souterrain, le silence s'est fait, chacun réfléchit à part. J'aimerais bien mieux passer par-dessus la montagne que dans ce souterrain.... S'il y avait un éboulement... Quelle masse énorme nous écraserait!... Notre enterrement ne serait

ni coûteux, ni difficile !... Et autres inspirations
joyeuses !.....

Enfin nous sommes sortis des ténèbres, voilà la lumière
et la terre d'Italie. Nous sommes dans les neiges; il fait
très froid. A peu de distance de la station, un glacier
resplendit et semble fumer au soleil. On a peine à le regarder tant il vous éblouit.

Nous descendons rapidement le versant italien des Alpes, Brandeneige, Suse, Turin. Ici nous sommes en été;
ici aussi nous avons éprouvé la plus grande contrariété du
voyage.

Nous devions partir de Turin le mardi soir, pour être
à Rome le lendemain et assister à l'audience générale des
pèlerins français.

Or, par un malentendu qu'on ne peut reprocher à personne, nous manquons le train, et il n'y en a pas d'autres
qui puisse nous conduire à Rome avant l'audience. Nous
étions toujours dans la crainte de n'avoir pas d'audience
particulière et si par malheur, nous manquions l'audience
générale, nous allions faire notre pèlerinage sans voir le
Pape. Le train manqué, nous voilà dans un grand embarras et dans un grand chagrin. Toutes les combinaisons
sont proposées; aucune ne nous satisfait.

Nous passons la nuit à Turin. Mais au lieu d'attendre
vingt-quatre heures pour partir, nous résolûmes de
prendre le lendemain matin, après la Messe, le premier
train pour Gênes et pour Pise. Sans nous conduire à Rome,
du moins il nous en rapprochait.

MERCREDI 30 AVRIL. — De grand matin nous sommes
à la cathédrale; nous entendons la Messe à la chapelle
du saint Suaire. A 7 heures 1/2, nous prenons le
train de Gênes. Sur la route se développe au loin la

magnifique chaîne des Alpes tout éblouissantes de neige.
Le mont Viso est le point dominant; il se détache en blanc
sur un ciel d'azur.

Vers une heure, nous sommes à Gênes. Des cris de joie
saluent la mer. On la côtoye pendant l'espace de plusieurs lieues. La route est encadrée dans les oliviers, les
orangers et les citronniers. Un bruit vague se répand : il est
encore possible d'arriver à Rome le lendemain... Nous
voyons en passant la tour penchée de Pise. A la station, le
bruit se confirme qu'en changeant de ligne et en prenant
celle de Florence pendant la nuit, nous pouvons arriver le
lendemain matin à Rome. Cet arrangement, pour nous qui
sommes pauvres, présente un grave inconvénient : ce
voyage est en dehors de notre itinéraire payé d'avance.
Il faut prendre vingt places de Pise à la station d'Empoli
et d'Empoli à Rome, n'importe. Avant tout, il faut voir
le Pape; et nous voilà partis. Les trois prêtres font vœu,
si nous arrivons à temps, de dire à Rome la messe en
action de grâces. Un des jeunes gens fait le vœu d'y
assister.

A Pise, on n'avait eu ni le temps de dîner, ni celui de
faire des provisions. Nous faisons en route un repas som-
maire, qui ressemble beaucoup à une collation de carême.

Nous voilà à la station d'Empoli attendant le train de
Florence à Rome. Les uns dorment, les autres se pro-
mènent au clair de la lune en chantant les chants du
Patronage. Bientôt une partie de barres s'engage, toujours au clair de la lune, et aussi au grand étonnement
des employés de la gare réunis pour regarder ce jeu tout
français.

JEUDI 1ᵉʳ MAI. — Enfin, le train qui doit nous conduire
à Rome arrive vers une heure du matin; nous nous y

installons le moins mal possible, et le matin à partir de la station d'Orte nous sommes dans le voisinage de Rome. Nous passons tout près de Monterotondo et du champ de bataille de Mentana. Salut aux héros chrétiens dont la victoire a permis au Concile du Vatican de se réunir. Quel souvenir! Un illustre écrivain disait en parlant de la France présente à Mentana : « Samson a secoué sa chevelure, et les Philistins ont pris la fuite. »

Il faut que Dieu aime bien la France pour lui avoir fait encore cet honneur. Pauvre France! serait-elle encore maintenant choisie pour occuper un tel poste?

A mesure que l'on approche de Rome; l'émotion est grande; on regarde à perte de vue pour apercevoir la Croix d'or de Saint-Pierre, ou les statues de Saint-Jean de Latran; nous avons salué la ville éternelle par le chant du psaume *Lætatus sum* et du *Magnificat*.

CHAPITRE DEUXIÈME

SÉJOUR A ROME

Le JEUDI 1ᵉʳ mai. — A 7 heures 1/2 du matin nous
entrions en gare de Rome. Nos devanciers nous y atten
daient. En un instant les bagages sont portés dans
une voiture très grande et nous nous rendons à l'hôtel
Le Roux, via sancta Chiara, 39.

Chemin faisant, M. Vasseur nous dit les joies qu'il avait
déjà goûtées depuis son arrivée : La rencontre provi-
dentielle de Monseigneur Perché, archevêque de la
Nouvelle Orléans, la bonté toute paternelle de Sa Grandeur ; la bienveillance exquise du comte de Boursetty,
l'émotion causée à Rome quand s'est répandue la nouvelle
de notre arrivée, ses nombreuses visites au Vatican.
Il nous dit aussi que l'audience publique est remise à
demain vendredi et que plus d'une raison le portent à
croire qu'une audience particulière nous sera accordée.

Tout était prêt à l'hôtel. Nous avions des chambres
convenables, et vingt-trois lits ; en outre nous pouvions
nous réunir dans une grande salle où nous étions seuls,
pour donner chaque soir les avis nécessaires, préparer la
journée du lendemain, faire la prière, donner le sujet de
méditation ; dans cette salle que nous appelions salle du

Chapitre, chacun trouvait des sièges pour se reposer, et tout ce qui était nécessaire pour écrire. L'organisation matérielle était très commode.

A peine arrivés, M. Hello et ces Messieurs accomplirent leur vœu en disant leurs messes en action de grâces ; nous y assistâmes tous, et nous revînmes à l'hôtel nous reconforter et nous reposer.

Un pèlerin de santé délicate était pris par la fièvre ; il se coucha, dormit environ dix-huit heures, sans pour ainsi dire ni boire ni manger, et se réveilla guéri.

A trois heures, nous fîmes notre première visite à Saint-Pierre, par un temps magnifique ; nous ne nous apercevions pas tout d'abord de la grandeur des choses qui nous entouraient. Nous ne commencions à voir l'immensité de la basilique qu'aux pieds des colonnes gigantesques de la façade. Alors nous considérions l'espace parcouru, la grandeur de la place et du vestibule de la basilique.

Le recueillement était grand en allant s'agenouiller à l'autel du Saint-Sacrement, baiser le pied de bronze de la statue séculaire, et prier à la Confession.

Quelle grandeur ! Quelle magnificence ! Nous en étions écrasés et nous n'avions encore rien vu en détail.

Il y a quelques années, on retrouva dans l'église des Saints Apôtres les corps de saint Jacques et de saint Philippe. Nous avons eu le bonheur d'être à Rome, pendant les quelques jours où l'on vénérait leurs reliques.

L'église des Saints Apôtres, restaurée magnifiquement, resplendissait d'or et de lumière. M. Hello nous disait : il me semble voir en miniature l'illumination de la basilique Vaticane, le 29 juin 1867, dix-neuvième anniversaire séculaire du martyre de saint Pierre, et jour de la canonisation des saints.

La foule était immense et les chants admirables. La procession des saintes Reliques se fit avec autant de solennité que possible à l'intérieur des grilles; car, hélas! Rome n'est plus libre, et nous sommes loin des splendeurs de 1867. Depuis dix ans, les pèlerins sont privés des grands offices des basiliques.

Une de nos intentions principales en venant à Rome est de faire notre Jubilé. Dès demain nous commencerons nos visites.

VENDREDI 2 MAI. — Nous allons à pied, de l'hôtel à Saint-Jean de Latran, pour y entendre la messe et y faire notre première visite jubilaire. En route nous passons devant le Capitole. Autrefois les généraux vainqueurs y étaient portés en triomphe par la voie sacrée; et maintenant, en voyant le Franciscain déchaussé gravir le Capitole, on se rappelle ces paroles d'Isaïe qui annonce l'humiliation des païens orgueilleux : *Conculcabit eam pes, pedes pauperis, gressus egenorum.* Elle sera foulée aux pieds, aux pieds du pauvre, aux pieds de ceux qui n'ont rien.

Le Franciscain de l'Ara Cœli a remplacé le triomphateur païen.

De l'autre côté du Capitole nous voilà dans les ruines de Rome païenne.

On ne peut se lasser de contempler ces restes d'un temps qui n'est plus. Nous avancions lentement, nous arrêtant à chaque pas; nous considérions l'Arc de Constantin et surtout celui de Titus qui représente son triomphe sur les Juifs, et les richesses du temple de Jérusalem amenées à Rome. C'est la vérité qui change de capitale. Il fallait pour capitale à l'Église catholique, Rome, la maîtresse des nations.

2

Nous traversons le Colisée, foulant avec respect l'arène qui a bu le sang de tant de martyrs. Nous nous transportons à 15 siècles dans le passé : nous voyons, aux jours des solennités païennes, les gradins de l'amphithéâtre couverts de 100,000 spectateurs, l'empereur et sa cour aux premières places, le vélarium de pourpre projetant son ombre sur cette cruelle assemblée ; puis les chrétiens recommandant à Dieu leur combat.

Là, sur cette arène, que de mères ont exhorté leurs enfants au martyre, que de jeunes gens ont préféré la mort aux douceurs de la vie païenne ! que de vierges ont conquis la double auréole du martyre et de la virginité ! Nous ne pouvions pas nous détacher de ce spectacle et de ces souvenirs.

Enfin nous arrivons à Saint-Jean de Latran et nous entendons la Sainte-Messe ; tous nos pèlerins y communient ; c'est la première église du monde fondée par Constantin, consacrée par saint Sylvestre. Nous sommes au centre et au cœur de l'Église ; de là la vie catholique rayonne partout, elle anime les missions lointaines et les plus petites églises de campagne.

Aujourd'hui la basilique est en réparation, on en voit mal l'étendue et la richesse. C'est là que nous commençâmes notre jubilé.

Vers midi nous étions au Vatican mêlés aux pèlerins français. Léon XIII paraît, entouré de dix cardinaux et de ses gardes nobles, la foule tombe à genoux. Après l'adresse, le Souverain-Pontife répond par un discours français rempli d'amour pour la France. Que cela fait de bien d'entendre parler le pape ! Que l'on est à l'aise au Vatican ! On est chez un roi, c'est vrai ; mais ce roi est père.

Craignant de compromettre notre audience particulière

en nous présentant comme formant un pèlerinage à part, nous nous sommes séparés et éparpillés dans la foule ; quelques-uns pourtant, ne pouvant résister au désir de baiser la mule du pape, se laissèrent entraîner et s'avancèrent jusqu'aux pieds du Saint-Père qui les bénit et leur adressa quelques paroles pleines de bonté.

En descendant, nous fîmes notre seconde visite jubilaire à la Confession de Saint-Pierre. Puis, nous nous dirigeâmes par le Corso vers la place d'Espagne. Là, nous nous sommes fait photographier par un artiste habile et nous avons fait notre troisième visite jubilaire à Sainte-Marie Majeure, sur le mont Esquilin, à l'endroit trouvé couvert de neige, le 5 août 352.

Un noble romain nommé Jean Patrice et sa femme, déjà avancés en âge et n'ayant pas d'enfant, donnèrent leur fortune à la Sainte-Vierge ; et par une révélation faite à Jean Patrice et au pape Libère la même nuit, on sut que la volonté d'en haut était que la fortune du noble Romain fut employée à bâtir une église à la Sainte-Vierge, sur l'endroit qui serait trouvé couvert de neige.

Telle est l'origine de la splendide basilique Libérienne, nommée communément Sainte-Marie-Majeure.

Nous passâmes la soirée chez le Cardinal Borroméo où, en compagnie des pèlerins français et de l'élite de la jeunesse romaine, nous entendîmes deux discours pleins d'intérêt et une excellente musique. Après avoir salué son Eminence et reçu sa bénédiction, nous eûmes l'honneur d'être présentés à M. le comte Ludovico Pecci, neveu de Léon XIII, qui fut pour nous d'une amabilité charmante et nous promit de parler au pape des pèlerins Nazaréens.

SAMEDI 3 MAI. — Notre itinéraire projeté nous menait
ce matin aux catacombes de Saint-Callixte; mais une
pluie torrentielle nous arrête.

C'est la fête de l'Invention de la Sainte-Croix, nous
décidons qu'il vaut mieux aller à Sainte-Croix de Jérusalem entendre la Sainte-Messe et faire la communion.

La rencontre fortuite de Mgr Guillemin, évêque des
Missions Etrangères, nous permet de visiter à notre aise
le trésor des reliques de cette église. Nous contemplons
ces restes sacrés de la Passion du Sauveur, surtout le
Titre de la Vraie Croix où l'on peut encore lire assez
facilement une partie de l'inscription.

Nous avons choisi ce jour pour faire le jeûne du Jubilé.
La plupart de nos pèlerins, n'ayant pas 21 ans, n'avaient
jamais jeûné de leur vie, et l'annonce d'un jour de jeûne
jeta une certaine crainte dans leurs âmes inexpérimentées.
Après la messe, il fallait les occuper pour les empêcher de
s'apercevoir qu'ils étaient à jeun; aussi à peine sortis de
Sainte-Croix de Jérusalem, nous allons faire notre qua-
trième visite jubilaire à Saint-Jean de Latran.

De Saint-Jean de Latran à la Scala Santa, il n'y a
qu'un pas. Ici d'autres émotions nous étaient ména-
gées. C'est l'escalier que Notre Seigneur Jésus-
Christ, le matin de sa passion, monta deux fois et
descendit deux fois. Notre Seigneur monta cet escalier,
quand il fut conduit à Pilate; il le descendit quand il fut
renvoyé par Pilate à Hérode; il le remonta quand il fut
renvoyé d'Hérode à Pilate; il le descendit pour aller à la
mort; ainsi Notre-Seigneur y passa quatre fois dans la
matinée du Vendredi-Saint. Quand cet escalier fut apporté
à Rome, les ouvriers par respect ne voulurent pas fouler
aux pieds les marches sanctifiées par les pas du Sauveur;
et ils commencèrent par la plus élevée à les mettre en

place, descendant ainsi progressivement jusqu'à ce que toutes les marches fussent posées. Maintenant tous les pèlerins de la terre les montent à genoux, en méditant sur la Passion. Au bas de l'escalier, deux groupes en marbre attirent notre admiration. C'est le baiser de Judas : quelle expression a le traître! Et l'Ecce Homo : quelle figure a Pilate!

Enfin il est midi, et nous sommes à table à l'hôtel. Les plus jeunes sont tout étonnés de n'être pas morts de faim, et plus étonnés encore de n'avoir pas souffert : ce qui prouve que le précepte de l'Eglise n'a rien d'impossible, comme on le croit souvent.

Dans l'après-midi, il y eut promenade à volonté par groupes de trois ou quatre. L'un de ces groupes fut admis à visiter la magnifique galerie du cardinal de Falloux, grand amateur des arts et protecteur des artistes à Rome. Son Éminence fut d'une bonté parfaite, prit intérêt à tout ce qu'on lui dit de Nazareth et encouragea vivement nos amis.

M. Hello et M. Vasseur firent visite à Mgr Macchi qui les reçut avec une grande affabilité. Il causa longuement avec nos directeurs qui se retirèrent convaincus que notre demande d'audience particulière serait accueillie.

Vers 5 heures, la cinquième visite jubilaire fut faite à Saint-Pierre. On y resta longtemps. On y pria beaucoup, on y était si bien!

DIMANCHE 4 MAI. — Les corps des Saints Apôtres reposent sous le Maître-Autel de Saint-Pierre. Auprès du tombeau des Apôtres, dans la crypte, au-dessous de la coupole, se trouve une petite chapelle vénérable entre les autres, et un autel élevé sur les corps mêmes de saint Pierre et de saint Paul. C'est là, dans cette chapelle, et

sur cet autel que M. Hello eut le bonheur de dire la Sainte-
Messe, et que nous fîmes la sainte Communion, sauf
deux d'entre nous qui se joignirent au pèlerinage français
et communièrent de la main du Souverain-Pontife.

C'est en ce lieu, l'un des plus saints du monde, au
milieu du recueillement qu'inspirait cette chapelle vénérable, éclairée seulement par la lueur des cierges, que
M. Hello put adresser quelques mots émus aux pèlerins
de Nazareth. Là nous l'écoutâmes sans aucune distraction
et nous demandâmes avec ardeur une augmentation de
foi pour le Patronage et un attachement inviolable à la
Sainte-Église. Quels moments précieux! Quelle messe et
quelle action de grâces après la communion!

Le même jour vers 11 heures, après le déjeuner, tous
les pèlerins de Nazareth prirent le chemin de Saint-Paul-
hors-les-murs. En route, ils s'arrêtèrent quelques instants
à la chapelle de la séparation, bâtie à l'endroit où saint
Pierre et saint Paul se firent leurs adieux en allant au
martyre.

L'impression produite par la basilique de Saint-Paul
est toute différente de celle que l'on ressent à Saint-
Pierre. Ici on entre immédiatement en admiration devant
la grandeur et l'éclat de la basilique. Tandis qu'à Saint-
Pierre l'étonnement et l'admiration viennent par degrés.

Nos pèlerins ne cessaient de mesurer des yeux l'immense étendue du monument, d'en considérer les tableaux
et les mosaïques.

Après une longue station d'une heure et demie ou deux
heures, nous prenons le chemin de Saint-Paul-trois-
fontaines.

Nous avions compté sans le débordement du Tibre.
A peine sortis de la basilique, nous rencontrons la vallée
inondée. Le passage n'était pas dangereux, mais il était

difficile, et le chemin ressemblait à ceux de Bretagne
du temps de saint Corentin, autour de Vannes et de
Quimper. Deux voitures de place nous suivaient, et les
pèlerins plus délicats ou plus Parisiens que Bretons y
cherchaient un asile. Hélas! deux voitures à quatre places
n'ont jamais pu contenir vingt personnes. Pour comble
de malheur ou plutôt d'embarras, un cheval embourbé
refuse d'avancer. Grâce aux épaules robustes d'un
paysan romain, les santés délicates qui craignaient de se
mouiller les pieds furent déposés en lieu sûr, sinon sec.

A Saint-Paul-hors-les-murs, nous avions à vénérer le
lieu du martyre de l'Apôtre, à boire de l'eau aux fontaines
miraculeuses qui jaillirent aux trois endroits touchés par
sa tête; et nous étions heureux de voir le frère Tharsice
Garreau, ancien membre de l'Association des ouvriers de
Nazareth. Quand on lui annonça la visite du Patronage,
les yeux du Frère se remplirent de larmes; il ne nous
attendait pas. Aussi quelle joie en nous embrassant, et
en nous montrant son couvent si pauvre, sa chapelle si
précieuse, et les trois fontaines sacrées.

La bouche de l'apôtre avait répandu des flots de
doctrine, les fontaines actuelles en sont le symbole en
offrant au voyageur fatigué une eau pure pour étancher
sa soif.

On nous fit voir les plantations d'eucalyptus, qui
chassent la fièvre, et on nous offrit la liqueur qui se
tire de cet arbre.

L'accueil que nous reçûmes de ces bons religieux trappistes fut si cordial que plusieurs d'entre nous disaient
tout bas : *Je voudrais rester ici!*

Au retour, ne vous hasardez pas dans les prairies qui
bordent la route, il y a des chiens de bergers qui ne
connaissent pas la plaisanterie; et si vous ne comprenez

pas qu'il faut rester sur la route, lorsqu'ils aboient en
italien, vous ne tarderez pas à sentir comment ils mordent
en français.

En repassant près de Saint-Paul nous rentrons dans
la basilique ; on y donnait la bénédiction du Saint-
Sacrement. Nous pûmes visiter et vénérer le trésor des
reliques, les chaînes de l'apôtre et un bras de sainte
Anne. Qu'il nous sembla vénérable et digne de respect,
ce bras qui porta la mère de Dieu, et qui rendit les
soins maternels à la Vierge Marie dans sa première
enfance.

Lundi 5 Mai. — Nous avions souvent entendu raconter
l'histoire magnifique des combats et du martyre de la
noble Vierge romaine sainte Cécile. La musique de
Nazareth l'a choisie pour patronne. Aujourd'hui nos
pèlerins se rendent à l'église dédiée à la sainte ; ils
entendent la messe dans la salle des bains, et l'un des
prêtres va dire la sienne à la Confession, sur le tombeau
même de la Vierge martyre.

Nous avons demandé la force et la pureté, pendant le
saint Sacrifice.

Ensuite nous avons visité sous la conduite d'un
sacristain intelligent et pieux la chambre nuptiale où sainte
Cécile révéla, le soir de ses noces, à son époux Valérien,
la consécration de sa virginité à Dieu et l'existence de
son ange gardien ; cette chambre nuptiale où Valérien,
devenu doux comme un agneau et subjugué par la grâce,
obéit à la Vierge chrétienne qui l'engageait à s'adresser
au pape Urbain, caché dans les catacombes ; cette chambre
enfin où Valérien, revenant le lendemain matin après son
baptême, mérita de voir l'ange gardien de Cécile, et
de recevoir avec elle comme récompense de leur chasteté

une couronne de roses et de lys mystérieux, la promesse
de la conversion de son frère Tiburce et de leur prochain
martyre.

Puis, revenant dans la salle des bains, nous avons pu
contempler à notre aise les tuyaux qui amenaient la
vapeur d'eau bouillante, destinée à étouffer la Vierge
martyre. Pendant un jour et une nuit, elle y resta, sans
en souffrir, en chantant les louanges de Dieu, et la pierre
sur laquelle le bourreau voulut lui trancher la tête, la
pierre sur laquelle la Vierge expirante resta trois jours,
cette pierre sert maintenant d'autel, et nos prêtres venaient d'y célébrer le Saint-Sacrifice. On nous fit ensuite
descendre dans la crypte qui contient le tombeau où repose
sainte Cécile, avec la robe d'or de ses noces et de son
martyre, auprès de Valérien, de Tiburce, d'Urbain et de
Maxime, officier converti au martyre de Valérien et de
Tiburce. Tout autour reposent les corps de neuf cents
martyrs. Quelle lumière en ce lieu au jour de la résurrection générale !

Dans l'après-midi, plusieurs des pèlerins entreprennent
à pieds la visite des catacombes de saint Callixte et de
saint Sébastien. Nous passons au Colisée : nous nous y
mettons quelques instants à l'abri, car là pluie tombait ;
puis, nous sortons de Rome, et le mauvais temps nous
oblige à nous réfugier dans la vieille basilique des saints
Nérée et Aquilée. Là nous trouvons deux pauvres frères
Capucins, les pères avaient été chassés. L'un des frères
reconnaît M. Hello, qu'il a vu à Paris, il l'embrasse avec
effusion et nous raconte leurs peines ; ils sont obligés
d'aller à Rome tous les matins, pour servir des messes et
gagner ainsi le pain de la journée. Ils quêtent à domicile
dans Rome, mais ce n'est pas sans peine : l'un d'eux
avait été arrêté pendant quatre heures la veille. Le frère

Français travaillait pour être prêtre ; le Cardinal-Vicaire le désirait vivement, afin qu'il pût dire la messe aux bergers du voisinage, privés de secours spirituels, les confesser et faire le catéchisme aux enfants.

Il nous montra la pauvre basilique, le siège de saint Grégoire, sur le dossier duquel est gravée une homélie du saint pape. Le tonnerre grondait très fort, la pluie tombait par torrent. Nous nous cotisâmes et nous laissâmes une petite aumône à ces pauvres capucins qu la reçurent avec une grande joie.

Après le fort de l'orage, nous quittons la basilique et nous trouvons à notre gauche la chapelle *Quo vadis*, construite à l'endroit où saint Pierre rencontra Notre Seigneur portant sa croix. *Quo vadis?* Où allez-vous, Seigneur? lui dit l'Apôtre. Je vais à Rome pour y être crucifié de nouveau, répond le Seigneur.

Nous suivons la Voie Appienne malgré la pluie et nous arrivons à l'entrée des Catacombes de saint Callixte. Un custode nous conduit dans les souterrains sacrés; nous visitons la chapelle où sainte Cécile reposa pendant tant de siècles. Nous voyons les anciennes chapelles et à la profondeur des souterrains, nous comprenons bien l'imminence du danger que couraient les premiers chrétiens. Nous étions sous terre depuis une demi-heure environ, et nos petites chandelles se consumaient rapidement. A droite et à gauche un labyrinthe de galeries obscures, où l'œil ne distinguait rien, produisait en nous une certaine horreur des ténèbres, et nous faisait penser à l'effroi de celui qui se perdrait dans ce labyrinthe obscur. Pourvu que notre guide ne s'égare pas, pourvu que l'un de nous ne se perde pas, pourvu que nos lumières ne s'éteignent pas ! Telles étaient les réflexions que l'on faisait à part soi. Que de milliers de martyrs ont reposé là! Avec quel respect et quelle émotion nous avons traversé ces souterrains sacrés!

Au sortir des Catacombes le temps était beau et nous pûmes cueillir des roses à l'entrée du cimetière. Nous poussons jusqu'à Saint-Sébastien, vénérable basilique, que nous visitons; elle possède une des flèches dont saint Sébastien fut percé, et la pierre où Notre-Seigneur laissa gravée l'empreinte de ses pieds, lorsqu'il apparut à saint Pierre disant qu'il allait à Rome pour y être crucifié de nouveau.

Au retour des Catacombes nous trouvâmes une lettre de Mgr Macchi, nous annonçant officiellement qu'une audience particulière nous était accordée, que le Saint-Père nous admettrait à sa Messe et nous donnerait la sainte Communion.

Voici cette lettre :

ANTICAMERA PONTIFICIA AL VATICANO

« *Nel giorno di Mercoledì 7 Maggio 1879, alle ore 7 ant. giovani artisti del Patronato di N. D. di Nazareth di Parigi.*

« *Potranno assistere alla Messa di Sua Santita nella capella privata, e ricevervi la Santa Communione.* »

Il maestro di camera di S. S.
MACCHI

I signori in frack e cravatta bianca. Si prega di esibire il presente biglietto.

MARDI 6 MAI. — Après la crypte de Saint-Pierre, l'autel le plus vénérable où nous ayons entendu la Messe depuis le commencement du pèlerinage, est la Prison Mamertine. Dans cet effroyable cachot, entièrement privé de lumière, où tant d'illustres prisonniers trouvèrent la mort au temps des païens, saint Pierre et saint Paul furent enchaînés. Ils y passèrent un an, oubliés dans les ténèbres par l'empereur Néron. C'est là, tout près de la pierre où le prince des Apôtres était attaché, tout près de la source miraculeuse où il baptisa ses geôliers, c'est là que nos jeunes pèlerins entendirent la Messe et firent la sainte Communion.

Qu'il fait bon, dans le temps où nous sommes, de prier dans la Prison Mamertine, pour le Souverain-Pontife prisonnier au Vatican! Les ennemis de Pie IX et de Léon XIII sont les mêmes que ceux de saint Pierre et de saint Paul; c'est l'enfer inspirant la haine de l'Église, sous différentes formes. L'Église a le privilège d'exciter la haine des impies, parce que l'Église possède la vérité. Elle est par là une puissance immense. On ne hait pas ce qui n'est rien. C'est parce que l'Église est quelque chose, la chose la plus importante du monde; c'est parce qu'elle a des droits et parce qu'elle s'impose par le fait divin de son existence, que les hommes mauvais la combattent. Voilà dix-huit siècles qu'on lui faisait la guerre dans la Prison Mamertine, d'où elle est sortie victorieuse, mais toujours combattue. Depuis lors, on n'a guère cessé de l'attaquer; jamais elle n'a succombé. Parfois elle semble à son dernier moment; ses ennemis meurent tous avant elle. Sa vie est une agonie toujours triomphante. Ses martyrs ont toujours été vainqueurs de leurs bourreaux. Saint Pierre dans les fers est encore vivant dans la personne de Léon XIII.

Après la Prison Mamertine, nous visitons Saint-Clément, cette admirable basilique superposée sur deux autres, et dont la plus ancienne date des premiers siècles. Un religieux dominicain nous fait voir des peintures et des inscriptions anciennes, excessivement précieuses.

Le même jour, un guide français, nommé Lacour, ayant fait autrefois partie du patronage de la rue du Regard, à Paris, nous conduit au Vatican. Il nous fait observer les différentes lignes tracées sur les mosaïques qui forment le pavé de Saint-Pierre, et qui indiquent la mesure des plus grandes églises du monde. Ainsi, quand on part du portique de Saint-Pierre en s'avançant dans la grande nef, on rencontre une ligne, mesurant de ce point jusqu'à l'abside, la longeur de Sainte-Sophie de Constantinople ; si alors on se retourne vers le portail de Saint-Pierre, on voit que derrière soi, il y aurait de quoi faire une grande cathédrale ; si on avance vers la Confession, on rencontre à ses pieds plusieurs autres lignes qui marquent la longueur de Saint-Paul-hors-les-murs, de la cathédrale de Florence, etc., et si on se retourne vers le portail, on voit de combien Saint-Pierre dépasse les plus grands édifices du monde.

De la porte d'entrée, les anges qui soutiennent les bénitiers semblent de petits enfants de quelques centimètres de haut. Quand on est près d'eux, on voit qu'ils mesurent 2 mètres.

De la basilique, nous sommes montés à la Chapelle Sixtine, dont la réputation est universelle. Nous y avons vu le célèbre Jugement dernier de Michel-Ange. Puis nous avons parcouru les Loges de Raphaël. Nous nous sommes longtemps arrêtés devant la Transfiguration, le plus beau tableau du monde.

En parcourant la bibliothèque, nous avons admiré la

richesse des présents faits par les rois et les empereurs chrétiens. L'heure s'avançait et nous avons rapidement parcouru le musée de sculpture.

La fin de la journée s'est passée à préparer l'audience du lendemain, avis, recommandations, etc.

Pour terminer notre Jubilé il nous restait encore à faire une visite à Sainte-Marie-Majeure, notre aumône, la confession et la communion.

Les trois Prêtres du pèlerinage étaient munis des pouvoirs nécessaires, et tous trois confessèrent pendant la soirée. On n'avait qu'une pensée : la messe du Souverain-Pontife et la Communion du lendemain. Ce devait être la Communion du Jubilé. Elle allait être faite à Rome !... et reçue de la main du Pape !... Les instants qui nous séparaient du lendemain étaient solennels.

LE GRAND JOUR !

MERCREDI 7 MAI. — Avant 7 heures nous étions introduits dans la chapelle particulière du Pape. Bientôt le Saint-Père apparaît, il nous bénit et commence sa messe. C'est rare, c'est précieux d'être à la messe du Pape..... Il y a sur la terre, répandus dans toutes les parties du globe, environ 400,000 prêtres qui disent la messe ; il y a un millier d'Évêques, il y a peut-être soixante Cardinaux, mais il n'y a dans le monde entier qu'un Pape, et nous avons le privilège, la grâce d'assister à sa messe, préférablement à tous les autres habitants de la terre ; aujourd'hui, il n'y a que nous sur la terre à entendre la messe du Pape.

Au moment de la Communion nos chers pèlerins paraissaient transfigurés, plusieurs avaient une expression et un extérieur de saints. Un rayon de la splendeur de Dieu qui se communiquait à eux, par les mains de son Vicaire, les illuminait. Que l'action de grâces fut belle!

Une messe suivit celle de Sa Sainteté, et celle-ci achevée, Mgr Macchi s'approcha de nous et nous invita à passer dans la salle du trône. Nous le suivîmes et il se mit à causer avec nous, à nous montrer les tableaux, statues et autres objets d'art de la salle avec une amabilité qui faisait déjà bien augurer de la réception papale.

Nous suivîmes lentement, tout émus, et bientôt le Saint-Père nous recevait dans un salon voisin.

Nous avions chacun une carte indiquant notre nom, notre âge, notre profession et le nombre d'années passées au Patronage. Le Saint-Père paraît, tout le monde est à genoux. Le pape s'arrête à chacun d'entre nous, et l'appelant par son nom, l'interroge sur son état, sur sa famille, il s'informe du gain quotidien et donne à chacun un conseil tout paternel. Mais aux premiers instants le saisissement nous empêchait de répondre distinctement. Alors le pape nous fit lever, et sa bonté admirable, sa paternité nous mit tellement à l'aise que prenant assurance, nous lui baisions à chaque instant les pieds et les mains, et le pape répondait à ces marques de respectueuse tendresse avec une bonté des plus touchantes. Le directeur du patronage lui recommande la formation des ateliers chrétiens, et l'émotion l'empêche de terminer sa phrase; mais le pape, s'intéressant vivement à cette formation, demande des explications, l'encourage et bénit avec une tendresse spéciale ces ateliers, et toutes les personnes qui facilitent leur développement. Le Saint

Père continuait à nous parler, nous lui parlions en nous mettant instinctivement à genoux. Trois d'entre nous recommandent à ses prières leur vocation, en disant que le principal but de leur pèlerinage à Rome, c'est de connaître les desseins de Dieu sur eux. D'autres recommandent au Saint-Père la conversion de leurs parents. Plusieurs pleuraient d'émotion et de joie.

Il y avait environ trois quarts d'heure que nous étions avec le Saint-Père; on avait parlé de l'Université catholique de Paris, des dangers qu'elle courait, des différents métiers exercés par les pèlerins, lorsque le cardinal Nina, secrétaire d'état, vint, comme tous les matins, travailler avec le Souverain-Pontife. En nous voyant, il s'écria en italien : « Quelle belle couronne vous avez aujourd'hui, Saint-Père ! » et le pape de lui dire qui nous étions : ces figures me plaisent, ajoute Sa Sainteté. Puis, avec une bonté toute paternelle, le pape continue à s'entretenir avec nous.

Tout à coup, X... se précipite aux pieds du Saint-Père, en lui recommandant la conversion de deux personnes qui lui étaient bien chères et ses sanglots étouffaient sa voix, il fondait en larmes, il pouvait à peine parler; plusieurs de ses amis pleuraient, et l'un d'eux surtout dans une embrasure de fenêtre laissait échapper des sanglots qui remplissaient la salle; l'émotion était profonde, le cardinal pleurait, le jeune homme toujours aux pieds du Saint-Père pleurait à chaudes larmes; cette scène qui dura deux ou trois minutes, était sublime : le pape tenait entre ses mains vénérables la tête et les mains du jeune homme prosterné; et puis l'émotion s'étant communiquée au souverain Pontife, en répondant, sa voix tremblait. Enfin relevant le jeune homme, Léon XIII lui passe le bras droit autour du col et l'emmène. Au bout de cinq minutes le jeune homme rapportait de magnifiques souvenirs, pour tous les pèlerins : c'étaient des médailles de bronze, d'argent, des camées montés sur or, dans de beaux écrins. Ces présents étaient vraiment royaux.

Pendant tout ce temps-là le secrétaire d'état s'entretenait avec les pèlerins, leur témoignant une bonté charmante ; il attendait, pour parler des affaires de l'Église catholique, que celles du patronage de Nazareth fussent terminées. Que de simplicité et que de grandeur !

Le Saint-Père semble en ce moment vouloir nous donner sa dernière bénédiction, pour nous congédier : puis tout à coup Sa Sainteté nous rappelle : « Venez voir les appartements privés du Pape. » Au moment où nous allions entrer, Mgr Macchi fit signe au Pape que le ménage n'était pas fait. Alors le Saint-Père nous arrête (nous n'avions pas un garde, pas un domestique avec nous), range lui-même ses meubles, tire les rideaux de son lit, puis nous fait entrer. Nous étions pour quelques instants dans l'intimité d'un Roi ! Nous étions de plus en plus à l'aise. Nous visitons le cabinet de travail, la chambre à coucher, la bibliothèque, le salon particulier du Saint-Père ; puis enfin nous recevons ses derniers conseils.

Au moment de partir, Sa Sainteté nous demande si nous voulions voir ses jardins ; on devine notre réponse.

Mgr Macchi dit un mot au Saint-Père : C'est vrai, ajoute le Pape, il est tard, ces chers enfants doivent être fatigués, mais qu'ils reviennent après déjeuner. Puis le Souverain-Pontife nous congédie en nous donnant sa dernière bénédiction.

Dans le cours de l'audience, et à plusieurs reprises, le Saint-Père insista pour que notre exemple fût suivi par d'autres corporations

3

ouvrières, manifestant le plaisir qu'il aurait à les
voir. A nous-mêmes il nous dit: « J'espère que
que vous vous souviendrez de Léon XIII et que
vous reviendrez voir le Pape. »

Il était dix heures, il y avait trois heures que nous
étions près du Pape. Au sortir du Vatican nous étions
hors de nous, la joie nous inondait; les trois prêtres se
jetèrent dans une voiture pour aller dire la messe à
Sainte-Marie Majeure et faire leur dernière visite jubilaire. Les jeunes pèlerins déjeunèrent sur la place Rusti-
cuci et rentrèrent à l'hôtel.

Voici les notes de l'un d'eux: « Voilà une belle matinée,
dont nous nous souviendrons toujours. En pensant à la
grâce que le bon Dieu nous a faite ce matin, le cœur
déborde de reconnaissance et l'on ne trouve aucune
parole pour l'exprimer. Ce sont de ces choses que l'on
sent, mais que l'on ne peut pas dire. En sortant du
Vatican nous sommes allés faire une visite d'action de
grâces à Saint-Pierre, et en rentrant à l'hôtel, nous
nous sommes tous jetés dans les bras les uns des autres.
Nous n'étions plus sur terre, nous n'étions plus les
mêmes. »

Quand les prêtres furent rentrés à l'hôtel, nous les
avons embrassés, mais les plus jeunes, ne pouvant contenir leur joie, se sont mis à sauter et à pousser des cris
d'allégresse.

Dans la journée nous fîmes notre dernière visite à
Sainte-Marie Majeure, et vers trois heures, nous visitions
les magnifiques jardins du Vatican, sous la conduite d'un
jardinier, vieux serviteur des papes depuis Grégoire XVI.

SUPPLIQUE AU SOUVERAIN PONTIFE.

EMILE HELLO, prêtre,
ALPHONSE VASSEUR,

Supérieur et directeur du patronage de Notre-Dame de Nazareth, à Paris,

Humblement prosternés aux pieds de Votre Sainteté, demandent la bénédiction apostolique pour eux, pour tous les membres de l'Œuvre et particulièrement pour ses bienfaiteurs.

Sa Sainteté a daigné écrire de sa main la réponse suivante :

Nous accordons de tout notre cœur la bénédiction apostolique à Emile Hello, Alphonse Vasseur, et à tous ceux qui font partie de l'Œuvre appelée patronage de Notre-Dame de Nazareth.

Rome, 7 mai 1879.

Léon XIII, pape.

Benedictionem apostolicam Emilio Hello, Alphonso Vasseur, cunctisque pio operi adscriptis cui nomen « patronage de Notre-Dame de Nazareth, » peramanter impertimur.

Romæ, 7 Maii 1879.

Leo P. P. XIII.

JEUDI 8 MAI. — Nos prêtres célèbrent la Sainte
Messe à la chambre de saint Louis de Gonzague : il était
convenable qu'une œuvre de jeunes ouvriers et apprentis
allât se recommander au patron de la jeunesse chrétienne.

Nous avons parcouru avec beaucoup d'intérêt la salle
voisine qui contient des souvenirs du saint, des objets
qui ont été à son usage ; puis nous avons vu la chambre
du bienheureux Berkmans, transformée aussi en chapelle.
Enfin nous descendons dans la magnifique église du Jésu,
et, le reste de la matinée, chacun parcourt la ville par
groupes de trois ou quatre.

Dans l'après-midi, nous devions faire deux pèlerinages
hors les murs, à Sainte-Agnès et à Saint-Laurent.

Que de grâces une œuvre de jeunesse trouve dans la
dévotion à sainte Agnès ! Si l'histoire et le martyre de
sainte Cécile, âgée de 18 ans, inspire la force et le zèle
pour le salut des âmes, l'histoire et le martyre de sainte
Agnès, âgée de 13 ans, inspire la douceur et l'amour d'une
pureté sans tache. A la place Navonne, c'est le combat
de la sainte, ce sont les bourreaux, avec leurs bracelets
de fer trop larges pour les mains de l'enfant et tombant à
ses pieds, avec le bûcher, le feu et le sabre ; c'est la fureur
de l'enfer contre la pureté d'une vierge sans défense et
pleine de douceur ; son ange apparaît, il frappe de mort,
non pas ceux qui en veulent à sa vie, mais celui qui
menace sa virginité.

A Sainte-Agnès, hors les murs, le corps de la sainte
enfant est remis à ses parents ; il repose dans leur domaine ;
en attendant la résurrection, il dort son sommeil séculaire
non loin de sainte Emérentienne, sa sœur de lait, vierge
et martyre ! Qu'il fait bon prier longtemps auprès
de ce tombeau glorieux qui respire le parfum du martyre

et de la virginité. Nous y avons fait notre mois de Marie.

Un custode nous conduisit ensuite au baptistère de Constance, célèbre par son antiquité, où furent baptisées la sœur de Constantin et sa fille, toutes deux nommées Constance.

Les catacombes de Sainte-Agnès ont des galeries nouvellement découvertes. Beaucoup de tombeaux renferment encore les restes des martyrs, et n'ont pas été ouverts. Nous restons au moins une demi-heure dans ces immenses galeries souterraines, où l'on trouve fréquemment tantôt des fioles du sang des martyrs, tantôt des inscriptions extrêmement curieuses et intéressantes. On nous fait sortir de ces catacombes par le même escalier qui y conduisait les premiers chrétiens, au temps de la persécution.

Le même jour nous prenons le chemin de Saint-Laurent hors les murs, et nous admirons la vieille basilique qui protège le tombeau de l'illustre martyr. Saint Étienne, premier martyr de la Loi nouvelle, partage son tombeau ; ils reposent là tous deux dans la splendeur de leur gloire.

Des peintures magnifiques représentent les principaux actes de leur vie. Nous avons demandé la force par l'intercession de saint Laurent.

En sortant de la basilique, nous avons visité rapidement le cimetière et particulièrement le monument élevé aux Zouaves pontificaux. Une inscription blasphématoire, placée par leurs ennemis, les insulte jusque dans leur tombe, mais leur gloire sera plus durable que la puissance des ennemis de l'Église.

Nous passâmes la soirée à la Congrégation ouvrière de Rome, Via frattina 14, p. 2, où une petite fête fraternelle

avait été préparée en notre honneur. Nous visitâmes
d'abord les salles des cours et nous pûmes admirer le
talent des jeunes dessinateurs. Un peu après, nous
vîmes, non sans émotion, un groupe dont l'attitude trahis-
sait une application particulière : c'était un jeune congré-
ganiste qui apprenait à lire et à écrire à un brave ouvrier,
âgé au moins de 40 ans. Lequel, du maître ou de l'élève,
nous a le plus édifiés ? Nous ne saurions le dire. Après la
visite des classes, on nous conduisit au grand salon. Là
nous entendîmes une touchante allocution du Directeur,
plusieurs chants très beaux, et nous reçûmes chacun un
souvenir : image ou livre de piété.

M. l'abbé Thibault répondit à tous ces témoignages
d'amitié, en donnant l'assurance que les Nazaréens n'ou-
blieraient pas leurs frères de Rome.

VENDREDI 9 MAI. — C'est le dernier jour passé à
Rome. Nous avions vu Léon XIII, il ne nous restait plus
rien à faire dans la ville ; tout le monde fut d'avis que la
messe d'adieu devait être célébrée à Saint-Pierre. Les
pèlerins l'entendirent dans la chapelle du Saint-Sacrement. Après la messe la plupart montèrent à la coupole
et jusque dans la boule ; ils ne pouvaient se décider à
quitter la basilique.

Cependant deux des pèlerins allèrent du côté du Corso
et de la place du peuple, et chemin faisant, la conversa-
tion roula sur ce qu'ils avaient vu de plus beau, de plus
touchant depuis notre départ, sur l'avenir, sur l'état religieux, sur la vocation ; ils sentirent la présence de
Notre-Seigneur en eux, et ils pouvaient bien dire comme
les disciples d'Emmaüs : *Nonne cor nostrum ardens
erat in nobis dùm loqueretur in viâ.* « Ne sentions-

nous pas notre cœur tout brûlant quand il nous parlait en chemin. » En effet, nous avons la joie de compter au moins deux ou trois vocations confirmées ou déterminées par cet admirable séjour à Rome et par les grâces spéciales que nous y avons reçues. Le reste de la journée se passa en préparatifs de départ.

Le Cardinal Nina daigna recevoir, avec une grande bonté, notre visite d'adieu.

CHAPITRE TROISIÈME

RETOUR DE ROME

Nous partons de Rome à 10 heures et demie du soir, le vendredi 9 mai.

SAMEDI 10 MAI. — Après une détestable nuit passée dans un mauvais wagon de chemin de fer, nous arrivons très fatigués à Foligno ; il était trois heures et demie du matin. Nous prenons immédiatement le train d'Assise, et vers quatre heures et demie, nous arrivons à Sainte-Marie des Anges. La vallée de Spolette était tout humide. Au lever du soleil, les brouillards de la nuit s'élevaient lentement en cachant à droite la cime des Apennins, plus bas, sur le flanc de la montagne, se détachait la ville d'Assise et le cloître des religieux de Saint-François ; à gauche, les premiers rayons du soleil éclairaient la vallée, et le dôme de Sainte-Marie des Anges apparaissait dans les splendeurs du matin.

Nous arrivons à la basilique du vieux monastère ; la messe est dite sur le tombeau de saint François ; puis, les religieux nous font un excellent accueil, ils nous offrent du pain et du vin qui, après les fatigues de la nuit, nous font beaucoup de bien. Ils nous guident dans le couvent, nous font voir la magnifique église bâtie au-dessus de l'ancienne, puis le trésor de leurs reliques, et entre autres le voile dont la Sainte-Vierge enveloppa l'Enfant Jésus la nuit de sa naissance.

Ici, tout inspire l'amour de la pauvreté et l'esprit de saint François. On dirait qu'il n'est mort que d'hier; on ne parle que de lui; on trouve partout ses traces; à la cathédrale, au couvent de Sainte-Claire, dont on nous exposa la relique, et surtout à la maison que le saint habita. Nous y vîmes le lieu de son emprisonnement.

Nous n'avions qu'une matinée pour visiter ces merveilles et en goûter les douceurs.

Il fallut bientôt partir; sur le chemin de Sainte-Marie des Anges, on trouve le souvenir de la bénédiction que saint François mourant donna à sa ville natale. Heureuse ville, d'avoir donné le jour à un pareil saint! Sans lui, Assise serait aussi obscure et aussi inconnue que tout autre hameau perdu dans la montagne. Mais saint François vient au monde, il dirige sainte Claire, et voilà que, grâce à ces deux saints, Assise est illuminée depuis six cents ans d'une lumière qui ne s'affaiblit pas et qui durera autant de temps que l'ordre séraphique, autant de temps que l'on aimera saint François et sainte Claire d'Assise, c'est-à-dire, jusqu'à la fin des siècles.

À la Portioncule ou Sainte-Marie des Anges, nous voyons l'endroit où saint François priait la nuit, le champ où il se roula dans les épines, aussitôt changées en roses sans épines, dont les feuilles portent des taches du sang de saint François; chaque pèlerin en reçut comme souvenir.

De retour à Foligno, deux ou trois pèlerins visitèrent les reliques de sainte Angèle. Puis, on prit le chemin d'Ancône, où l'on s'arrêta pour dîner, et le soir, à dix heures et demie, nous arrivions à Lorette. Ici, grande difficulté pour trouver vingt-trois lits, on se divise en trois hôtels, on met des matelas par terre, et la première nuit se passe ainsi.

DIMANCHE 11 MAI. — Lorette, la Santa Casa! la Sainte Famille! l'Enfance de Jésus! sa vie cachée! la maison qui abrita le fils de Dieu dans sa vie mortelle! Ces murs sacrés témoins de sa prière, de son obéissance, de son travail, ces pierres qui ont entendu le silence de la Sainte-Famille, qui ont entendu la voix de Jésus-Enfant... Ces murs sont si précieux que Dieu ne permit pas qu'ils restassent au pouvoir des Musulmans, et qu'il envoya des Anges pour transporter cette Sainte-Maison de Judée en Italie! Quels souvenirs et quels parfums de sainteté! Que l'on est à l'aise pour prier dans la maison de la Sainte-Vierge! Que l'on dit bien l'Ave Maria, là où l'ange l'a dit pour la première fois! Car c'est ici qu'a eu lieu l'Annonciation. Les pèlerins communièrent à l'autel de la Santa Casa les deux jours. Vers neuf ou dix heures, on chantait une grand'-Messe dans la basilique, que nous traversions en ce moment; et spontanément, nous nous arrêtons pour entendre une voix admirable qui chantait l'offertoire. Les larmes venaient aux yeux, et on ne pouvait pas s'en éloigner.

Le patronage de Nazareth était bien là à sa place, prenant pour modèle l'Enfant Jésus apprenti dans le plus saint atelier du monde.

Dans l'après-midi, il y eut promenade à Ricanati, sur le rivage de l'Adriatique, et ensuite en bateau pendant une heure un quart environ.

Au retour, la population de Lorette fêtait saint Vincent

Ferrier et portait en procession sa statue vénérée. Que
c'est beau une fête de l'Église en pays chrétien! que c'est
simple! que c'est consolant! Les paysans venus des alen-
tours portaient leurs habits du dimanche aux brillantes
couleurs, les bannières flottaient doucement au souffle
d'une brise légère; le soleil était resplendissant; l'artillerie
saluait à sa manière la statue du saint. Tout cela formait
un ensemble très émouvant. L'esprit du mal semble
n'avoir pas encore pénétré là. La Sainte-Vierge est victorieuse sur toute la ligne; elle est la Reine du pays. Tout
pour la Sainte-Vierge ou par elle! Tout pour la *Madone*
ou par elle, *per la Madona!* Avec les milliers de fidèles
qui remplissaient l'église, nous dîmes le chapelet et assistâmes au Salut.

Lundi 12 Mai. — M. Hello a le bonheur de célébrer la
messe à la Santa-Casa, pour le Patronage, vers quatre
heures et demie du matin. Le nombre de communions
nous édifie. Les paysans communiaient en habit de travail
avant de commencer leur journée.

Nous quittons avec regret ce lieu, peut-être le plus
saint de la terre après le Calvaire, ce lieu béni, où viennent
les pèlerins de toutes les parties du monde. Nous repas-
sons à Ancône, nous courons sur Bologne la savante,
mais il fait nuit; puis sur Milan, où nous arrivons vers
7 heures 1/2 du matin.

Mardi 13 Mai. — Nous voilà au tombeau de saint
Charles, dans cette glorieuse église de Milan, illustrée
par saint Charles Borromée. Tous les prêtres qui célèbrent
dans la cathédrale doivent suivre le rit Ambrosien. La

Messe Romaine ne peut se dire que dans les autres églises et au tombeau de saint Charles, où nos Prêtres eurent le bonheur de la célébrer.

Nous visitons, après le déjeuner, les plus vieilles églises de la ville, celles qui rappellent le plus de souvenirs de saint Ambroise ; nous allons au tombeau des saints Gervais et Protais, martyrs, perdus dans la suite des siècles et récemment retrouvés.

Du haut de la cathédrale, nous admirons le panorama que nous offre la chaîne blanche des Alpes. On a en vue le mont Blanc, le mont Viso, le mont Cenis, le mont Rose, le Saint-Gothard, les Alpes Bernoises, etc.

Nous nous élevons autant que nous le pouvons dans cette forêt de 90 clochers en marbre blanc, et au milieu de ce peuple de 6000 statues également en marbre.

Quel chef-d'œuvre et quelles richesses !

Dans l'après-midi nous partons pour Turin où nous devons passer la nuit. Nous sommes au même hôtel qu'à notre premier passage, dînant à la même table, mais au lieu d'aller à Rome, nous nous en éloignons : le pèlerinage est fini.

MERCREDI 14 MAI. — Après les messes dites à la chapelle du Saint-Suaire, nous partons pour Modane. Nous revoyons de près les Alpes; mais cette fois nous allons y rester vingt-quatre heures.

On se disperse comme à Lorette dans trois hôtels ; à peine installés, nous sommes impatients de grimper. Nous grimpons sans savoir où nous allons avec le désir de grimper le lendemain matin beaucoup plus haut.

Nous traversons des bois de pins, des taillis épais, un lièvre fuit devant nous; après plusieurs heures nous revenons au village, nous faisons une visite à M. le Curé, nous adorons dans sa pauvre petite église le même Dieu qu'à Saint-Pierre. Le lendemain après la messe, nous commençons une ascension avec guide et mulets. Il y a dans la montagne une petite chapelle inaccessible en hiver, et encore environnée de glaces et de neiges. Nous désirions aller jusqu'à la neige, et nous nous dirigeons vers la chapelle. Un jeune pèlerin sans écouter les conseils du guide montait trop vite, et par des pentes trop ardues. Après une heure il fut pris du mal des montagnes. Il avait froid et le sang se portait à la tête en produisant un très grand malaise. Dans la vallée il faisait chaud, sur la montagne, nous jouissions d'abord d'une température fraîche et très agréable. Nous montions toujours, un torrent descendait avec fracas de la région des neiges.

Le paysage était ravissant ; nous montions toujours, et au loin on découvrait des cimes immenses couvertes de neige, ou cachées à demi dans les nuages, ou éblouissantes au soleil.

Nous voilà dans les glaces, nous en sommes entourés ; il y en a sous nos pieds, au-dessus de nous des neiges. Nous arrivons à Notre-Dame du Charmé. De bonnes sœurs l'avaient ornée pour les Rogations et la petite chapelle d'une propreté admirable étalait ce qu'elle possédait de fleurs d'or. Nous étions au 14 mai, et nous avions la température du mois de janvier à Paris. L'ascension nous avait échauffés et notre respiration se condensait en fumée abondante. Couverts de tous nos vêtements nous faisons le mois de Marie à la chapelle, nous chantons le *Regina cœli*, nous récitons une dizaine de chapelet, nous laissons aux bonnes sœurs quelques petits souvenirs de Rome ; et les intrépides veulent monter plus haut ; les santés délicates vont se chauffer dans une petite salle bâtie près de la chapelle.

Nous voilà tout près des nuages; un nuage gris touche la montagne à peu de distance, nous marchons sur la neige, et nous y voyons la trace d'un chamois. Le point de vue était magnifique. Il fallut redescendre. Une heure après, nous étions dans la vallée de Modane exposés aux ardeurs d'un soleil de printemps.

Les yeux perçants de quelques pèlerins aperçurent un aigle à des hauteurs considérables, décrivant des cercles immenses, tournant autour d'une cime neigeuse et se perdant dans un nuage.

Vers une heure, nous reprenions la route de Paris.

CONCLUSION

Pendant notre absence le Patronage nous a prouvé son bon esprit de deux manières ; par l'affection avec laquelle il nous a reçus, et par sa marche régulière. Nos camarades ont compris que notre absence était une raison pour se mieux conduire ; les surveillants et les bons exemples étaient moins nombreux à la maison ; presque tous les dignitaires étaient à Rome ; malgré cette séparation, il y avait entre nous une grande union ; tous étaient de cœur à Rome avec nous, et recevaient en partie les mêmes grâces. Ils étaient heureux de notre bonheur, et notre pèlerinage leur a valu une augmentation de foi et d'attachement à l'Église.

Du reste, notre correspondance était continuelle. Tous les jours on télégraphiait à Paris ; les télégrammes étaient affichés à Nazareth, les parents venaient constamment les lire et demander des nouvelles.

On nous écrivait souvent, et tous les soirs quelques pèlerins adressaient des lettres à leurs familles.

Notre plus cher désir est de recommencer le pèlerinage et, pour nous conformer au conseil du Saint-Père, nous faisons des vœux pour que d'autres Œuvres ouvrières imitent notre exemple et aillent se prosterner aux pieds du Pape pour le consoler de l'affliction que lui causent tant d'enfants égarés.

4

Très Saint Père,

Quant à nous, en terminant ce récit que nous prenons la liberté de vous offrir, nous souvenant de vos dernières paroles et de vos derniers conseils, nous avons dans nos cœurs le désir ardent d'aller encore nous prosterner aux pieds de Votre Sainteté, et tous les jours, dans les prières de l'Œuvre, nous demandons que votre personne sacrée recouvre toute sa liberté, que l'Église triomphe partout de ses ennemis, que la Ville Éternelle revoie les splendeurs d'autrefois, et que toutes les nations, reconnaissant enfin ce qui peut leur procurer la paix, et soumises au joug léger de l'Église, acclament Léon XIII Souverain Pontife et Roi.

APPENDICE

LETTRE ÉCRITE LE JOUR MÊME PAR UN DES PRÊTRES DU
PÈLERINAGE ENCORE SOUS L'IMPRESSION DE L'AUDIENCE
ET DES PAROLES DU SOUVERAIN PONTIFE.

Mercredi, 7 mai 1879

BIEN CHER PÈRE,

« Je crois devoir vous adresser à vous comme Supérieur Général la relation de ce qui s'est passé aujourd'hui,
en vous priant de communiquer ma lettre à Nazareth au
Patronage et par M. Saavedra, ou par la poste, à mon
frère, rue de Rivoli, 116.

« Mercredi, 7 mai, à 7 heures du matin, nous avions une
permission pour assister à la messe du Saint-Père. Le
comte de Boursetti nous introduisait au Vatican, dans une
chapelle intérieure qui n'est ni la Sixtine, ni la Pauline.
Nous étions quatre prêtres, M. Vasseur et dix-neuf
jeunes gens de Nazareth.

« Vers 7 heures 1/4, le Pape a paru, nous a bénis, a fait
sa préparation et a commencé la sainte Messe. Nous
étions dans un recueillement profond. Au moment de la

Communion, c'est devenu très émouvant. Les quatre prêtres sont restés en place et tous nos enfants ont communié de la main du Pape. En revenant à leur place (j'étais placé de manière à les voir très bien), presque toutes les figures étaient transfigurées; quelques-uns avaient absolument l'air de saints en extase. Ils étaient entièrement absorbés. C'était magnifique.

« L'action de grâces a duré juste une demi-heure. Ensuite le Pape a donné ordre de nous faire passer dans un salon voisin. Au bout de dix minutes, il a paru dans le salon où nous étions avec Mgr Macchi, le Maître de chambre. Le Pape est venu tout seul, sans suite; nous nous sommes mis à genoux. Le comte Boursetti et Mgr Macchi lui ont rappelé en quelques mots qui nous étions. Il le savait déjà; on lui avait parlé de nous depuis quelques jours. Alors, avec une bonté, une paternité inconcevables, sans nous adresser aucun discours, il est venu tout près de nous, nous a fait lever, s'est laissé entourer par nous, a demandé le nom et la profession de chacun, a parlé à chacun en particulier. Dans les premiers moments, les enfants stupéfaits n'osaient pas parler au Pape, excepté Henri qui lui a demandé plusieurs choses d'une manière charmante. Le Pape lui a tenu longtemps les mains dans les siennes.

« Quand il nous eut tous passés en revue, les enfants hors d'eux-mêmes et pleins de joie ont pris plus d'assurance; ils se sont approchés sans garder d'ordre. Le souvenir de ce qu'ils voulaient demander est revenu et il leur suffisait de se mettre à genoux devant le Pape pour que le Saint-Père se penchât vers eux et leur prêtât toute son attention. M. Vasseur lui a parlé des ateliers chrétiens et il s'est mis à pleurer sans pouvoir continuer. Il y avait peut-être une demi-heure que nous étions là à raconter

nos affaires au Pape comme si nous étions en direction
avec lui, quand le cardinal Nina, secrétaire de Léon XIII,
est venu comme tous les jours pour travailler avec le Saint-
Père; en nous voyant, il a dit : Saint-Père, quelle belle
couronne vous avez, *tanta bella corona*.

« À peu près en même temps, un de nos meilleurs enfants
se jetait fondant en larmes et sanglotant aux pieds du
Saint-Père, lui demandant la conversion de deux personnes qui lui étaient chères. Le Saint-Père très ému lui
tenait la tête et les mains; le jeune homme sanglotait
tout haut; le Saint-Père soupirait et avait des larmes
dans les yeux ainsi que le cardinal Nina, qui était forte-
ment ému. Plusieurs enfants pleuraient. Cela dura longtemps. Puis le Saint-Père relevant le jeune homme et lui
promettant des prières ainsi qu'à trois autres qui lui en
demandaient pour connaître leur vocation, emmena notre
cher enfant à part. Le Pape lui avait passé son bras sur
le cou et le tenait ainsi comme embrassé en l'emmenant
dans sa chambre; au bout de cinq ou six minutes, ils en
revenaient tous deux, l'enfant portait un mouchoir rempli
de souvenirs magnifiques que le Pape donnait à chacun
de nous (des médailles et des camées), il y en a peut-être
pour 500 francs. Il nous les a donnés de sa main. Les
enfants lui baisaient, en les recevant, la main et le pied
pour la cinquième ou sixième fois. Ils étaient hors d'eux-
mêmes et le Pape semblait très heureux. Il nous a bénis
encore une fois et nous nous en allions, quand le Pape
nous a rappelés comme s'il ne pouvait pas se séparer
de nous. Venez, nous a-t-il dit, venez voir où couche
le Pape; et il nous a ouvert lui-même (sans domestique, sans garde), ses appartements particuliers, son
cabinet de travail, puis sa chambre à coucher. Il y est
entré le premier, et s'apercevant qu'elle n'était pas encore

faite, il y est entré seul, y a mis un peu d'ordre, a tiré les rideaux de l'alcôve, et nous a fait entrer. C'était absolument le père avec ses enfants... Rien de plus touchant et de plus aimable. Sa Sainteté a ouvert une grosse porte fermant avec de gros verrous et nous a introduits dans un salon où Pie IX gardait les présents précieux qu'il ne voulait pas donner à d'autres. Puis nous avons repassé pour sortir par la chambre à coucher et le cabinet de travail. Le Cardinal Secrétaire d'État nous suivait et attendait depuis une demi-heure. En nous congédiant et en nous bénissant encore, le Pape nous invita à aller voir ses jardins.

« De là, les enfants sont allés déjeûner et nous trois nous sommes allés dire nos messes à Sainte-Marie Majeure.

« L'audience avait duré 64 minutes après la messe. En tout depuis 7 heures moins quelques minutes jusqu'à 10 heures cinq minutes, 3 heures près du Pape !!!

« On parle à Rome de cette audience tout à fait inouïe. Cela fait du bruit dans le monde religieux. On n'en revient pas.

« A 3 heures nous sommes revenus au Vatican pour voir les jardins.

« Adieu, cher Père; il nous semble à tous que nous sommes au soir d'une première communion. La joie nous inonde.

« Ayant à peine le temps de prendre des notes, je prie celui qui lira le dernier cette lettre de vouloir bien me la conserver. Car ces détails ne seront consignés ainsi nulle part, et j'aimerais bien les retrouver à Paris.

« J'embrasse tout le monde de tout mon cœur.

« HELLO.

« P. S. — Henri a demandé une bénédiction pour sa famille, pour l'Université Catholique et une prière pour connaître les desseins de Dieu sur lui. Le Saint-Père accordait tout. Il a parlé longtemps à Henri de l'Université, et quand il s'est agi de vocation, le Saint-Père lui a dit : « Pour votre vocation, trouverez-vous des difficultés de la part de votre famille ? — Aucune, Très-Saint-Père, avons-nous répondu tous les deux. » Le Saint-Père avec finesse : « Les obstacles ne viendront sans doute pas de votre oncle ?... » Éclat de rire général. De retour à l'hôtel, nous nous sommes tous embrassés et ils se sont mis à danser dans ma chambre. »

ROME EN HUIT JOURS

PREMIER JOUR

Saint-Pierre. — Pont Saint-Ange. — Les anges armés des instruments de la Passion. — Fort Saint-Ange. — Messe à Saint-Pierre, à l'autel du Saint-Sacrement ou de la crypte. — Visite des trois places, Obélisque, la petite pierre ronde. Point de vue des colonnes. — Visite à Saint-Pierre, dans la matinée. — Coupole, si c'est possible. — La sacristie. — Visite du Vatican. — Bibliothèque. — Musée. — Ateliers de mosaïques. — Loges de Raphaël. — Chapelles Sixtine et Pauline. — S'il reste du temps, visite de l'église Sainte-Marie-in-Transpontine. — Visite au Saint-Sacrement, à Saint-Pierre.

DEUXIÈME JOUR

Saint-Jean de Latran. — Colisée. — Messe à Saint-Jean de Latran, à l'autel du Saint-Sacrement. — Comme Chemin de Croix, la Scala Santa. — Déjeuner. — Visite à la Basilique. — Baptistère de Constantin. — Visite à Sainte-Croix de Jérusalem. — Pénitenciers. — Musée sacré. — Demander d'avance le pouvoir de vénérer les saintes reliques. — Chapelle de la Terre-Sainte; la terre qui porte le dallage vient de Jérusalem; même indulgence qu'en Terre-Sainte. — Porte latine. — Tout auprès, Saint-Jean. — Collation vers midi, dans le quartier.

— Coup d'œil sur la campagne romaine. — Après midi,
visite à Saint-Clément. — Églises souterraines. Pupitres
en marbre (épitre et évangile). — Colisée. — Arc de Constantin; arc de Titus (surtout). — Ruines autour de la Voie
Sacrée. — Le Forum Romain. — Sainte-Françoise Romaine. — La pierre sur laquelle saint Pierre priait pour
l'humiliation de Simon le Magicien. — Saint - Joseph.
— Corporation des ouvriers travaillant le bois. —

TROISIÈME JOUR

Saint-Paul-hors-les-Murs. — Temple de Vesta. — Pon-
terotto (pont cassé). — Visite à Saint-Alexis. — Saint-
Boniface (basilique souterraine). — Messe à Sainte-Sabine.
— Sainte-Sabine. — Chambre de Saint-Dominique. —
Oranger, jardin. Chambre de Saint Pie V. — Église. —
Pierre lancée par le diable. — Porte Saint-Paul. — Le
Mausolée. — Vieux tombeau. Monte Staccio, surmonté
d'une croix. — Chapelle de Saint-Pierre et Saint-Paul. —
La séparation. — Collation. — Basilique de Saint-Paul. —
Suivre le guide. — Crucifix de l'autel du Saint-Sacrement
qui a parlé à sainte Brigitte. — Martyre de saint Étienne
et de saint Laurent. — Tombeau splendide. — Voir le
vieux couvent, le cloître. — Saint-Paul-trois-Fontaines.
— Pères Trappistes. — Prison de Saint-Paul; colonne où
il fut décapité. — Boire l'eau des fontaines. — Reliques
de la légion Thébaine, sous l'autel où saint Bernard a
dit la sainte messe.

QUATRIÈME JOUR

Sainte messe à Sainte-Marie-Majeure, autel de la
crèche. — Visite de Sainte-Marie-Majeure. — Confession

de saint Pie V. — Église Sainte-Praxède. — Colonne de la flagellation. — Puits de Sainte-Praxède. — Sainte-Prudentienne où saint Pierre a reçu l'hospitalité et a prêché. — Une partie de l'autel de bois où saint Pierre a dit la messe. — Saint-Laurent-hors-les-Murs. — Catacombes. Cimetière. — Déjeuner dans un jardin. — Sainte-Agnès-hors-les-Murs. — Couvent. — Église souterraine. — Porta Pia. — Brèche des Italiens. — Fontaine Moïse. — Sainte-Marie des Anges. — Chartreux. — Cloître. — Statue de saint Bruno. — Église Notre-Dame de la Victoire. — Bannière prise aux turcs à Lépante. — Palais du Conclave. — Place Monte Cavallo. — Fontaine Trévi.

CINQUIÈME JOUR

Sainte-Cécile. — Sainte messe à l'autel de la salle des Bains. — Déjeuner. — Visite à la basilique. — Maison Saint-Michel (orphelins). — Sainte-Marie in Transtevere. Colonnes. — Fontaine d'huile, qui a coulé le jour de la naissance du Sauveur. — Pierre de saint Calixte. — Le Ghetto. — — Saint-Pierre in Montorio. — Fontaine Pauline. — Repos à la villa Pamphili, avec une permission. — Saint-Pancrace. — Revenir par le Ghetto ou le Pont-Sixte.

SIXIÈME JOUR

Prison Mamertine; messe dans la prison. — Saint-Pierre aux liens, après la messe. — Église du Jésus. — Chambre de saint Ignace. — Saint-Marc. — Le Forum de Trajan. — Coup d'œil sur le palais de Venise,

bâti avec les débris du Colisée. — Église des Saints-
Apôtres. — Musée Colonna. — Fontaine Trévi; en face,
chambre des reliques du bienheureux Benoît Labre. —
Collège Romain. — Église. — Saint-Louis de Gonzague
(sa chambre).—B. Berchmans. — Dans l'église du Collège
Romain, en se mettant debout sur une certaine pierre
ronde du dallage, les peintures de la voûte paraissent
droites et forment un édifice. — La Minerve. — Sainte-
Catherine de Sienne. — Bibliothèque. — Panthéon. —
Sainte-Marie des Martyrs. Saint-Philippe de Néry. —
Chiesa-Nova. — La place Navone. — Sainte-Agnès.
— Palais Farnèse (campo di Fiori) — Sainte-Brigitte. —
Saint-Louis des Français. — Saint-Augustin. — Prome-
nade *ad libitum*.

SEPTIÈME JOURNÉE

Messe à la chambre de saint Louis de Gonzague. —
Saint-Louis des Français.— Sainte-Agnès, piazza Navona.
—Au Corso.—Place Colonne.—Saint-Sylvestre. — Saint
Lorenzo in Lucina, au Corso. — Café nuovo (à voir). —
Saint-Charles. —Place d'Espagne. — Colonne de l'Imma-
lée Conception. — Trinité des Monts. — Sacré-Cœur. —
Madona admirabilis. — Académie Française. — Prome-
nade au Pincio — Moïse sauvé des eaux. — Redescendre
par les jardins sur la place du Peuple. — Hors la
Porte. — La Villa Borghèse. — Les deux églises de la
place.—Palais Borghèse, dans la Ripetta, au port Ripetta.
— Musée Borghèse.

HUITIÈME JOUR

Catacombes de Saint-Callixte (emporter un déjeuner dinatoire). — Sainte messe à l'autel de sainte Cécile, dans les catacombes. — Près Saint-Sébastien, un restaurant. — Basilique de Saint-Sébastien. — Statue, colonne, flèche, pierre *quo vadis* (voir le guide). — Catacombes de Saint-Sébastien. — Voie Appienne. — Tombeau des Cœcilius. — Campagne Romaine — Anciens viaducs au bout de la voie d'Albano. — En revenant, Chapelle *Quo Vadis*. — Saint-Sixte. — Thermes de Caracalla, avant ou après Saint-Sixte. — Rentrée à Rome par le Colisée. — Arc de Constantin. — Rentrée à Rome de bonne heure. — Promenade *ad libitum* jusqu'au dîner, au jardin Farnèse si l'on veut.

BIBLIOTHÈQUE NATIONALE R.F. IMPRIMÉS

Paris. — Imp. St-Générosus. — J. Mersch et Cⁱᵉ, 8, rue Campagne-Première.

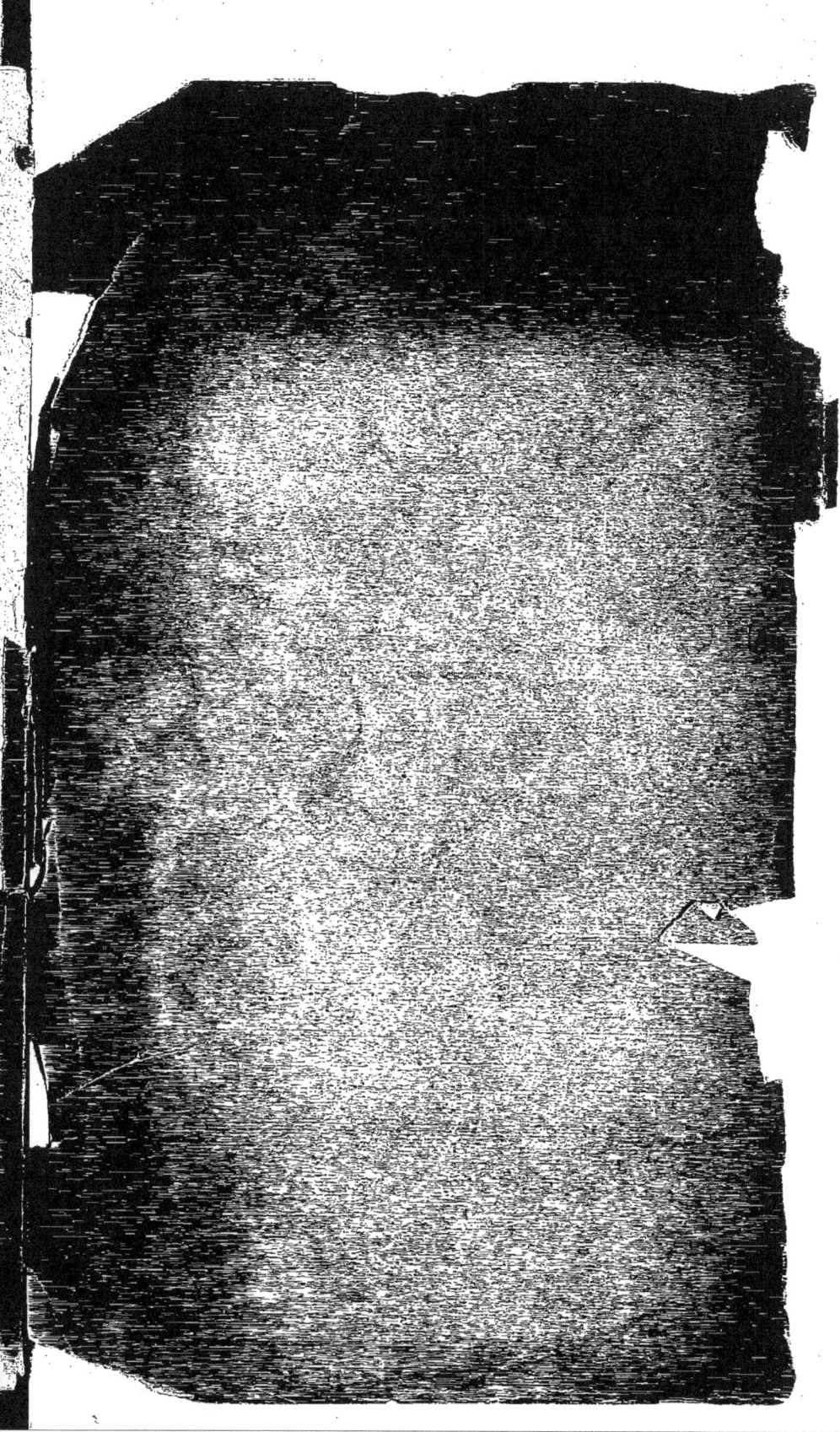

www.ingramcontent.com/pod-product-compliance
Lightning Source LLC
Chambersburg PA
CBHW060807180626
46818CB00002B/731